Robin, der schmusige Felixkater

Eine Katzenkurzgeschichte
von Silvia Wobschall

Impressum

Bibliografische Information der Deutschen
Nationalbibliothek: Die Deutsche
Nationalbibliothek verzeichnet diese Publikation in
der Deutschen Nationalbibliografie; detaillierte
bibliografische Daten sind im Internet über
dnb.dnb.de abrufbar.

© 2020 Silvia Wobschall
Herstellung und Verlag: BoD – Books on Demand,
Norderstedt
ISBN: 978-3-7519-9736-2

Kapitel 1

Robin auf dem Bauernhof

Nun ja, wo soll ich beginnen, mit meiner Geburt, meinem eintönigen Dasein und immer Hunger haben. Es fällt mir so schwer, das alles auf einmal Euch zu erzählen und ich habe mein Frauchen beauftragt, für mich zu schreiben, denn ich bin schon seit 2016 leider auf der Regenbogenbrücke und lasse mein langes, sehr schönes Katzenleben Revue passieren.
Meine Mutter hieß Mauki und war der Mäusefänger auf dem Hof der alten Bauernfamilie. Alles war so dreckig und im Stall lag das Heu schon so ewig, richtig gemütlich war es nie. Mauki bekam Milch und ab und zu und hin und wieder Katzentrockenfutter.

Aber richtig wohlgenährt war sie nie, meine Mum.

Sie war sehr hübsch, dreifarbig, und als sie mich, noch viele Babys und meine tollen Geschwister bekam, war sie schon sehr alt. Ich war sehr dünn und meine Beinchen zitterten oft, weil ich Hunger hatte und mein damaliges Herrchen aß morgens Wurst zum Frühstück, dann endlich doch noch, bekam ich eine Scheibe ab, wie edel. Aber ich hatte immer Hunger.

Und weil ich nie satt war, strolchte ich eben mal hier und dort herum. Schließlich landete ich bei meinem neuen Frauchen in ihrem schönen Garten. Irgendwie hatte ich schon eine Vorahnung, jetzt wird sich mein Leben verändern. Lange blieb ich nicht im Garten, denn die nette Dame trug mich schwupp die wupp in mein altes Zuhause, auf den Hof. Der alte Bauer wunderte sich gar nicht, meinte nur, ja er ist ganz lieb, aber zu dünn, gab mir eine Scheibe Wurst und für ihn war die Sache wohl erledigt.

Ich aber äugte zu meiner Retterin hoch und als ob sie mein Flehen in den Augen sah, sie konnte ihren Blick nun gar nicht mehr von mir lassen. Bauer sprach" der will zu Ihnen, nehmen Sie ihn doch mit „. Die doch so nette Frau nahm mich tatsächlich auf den Arm und schon waren wir beide in ihrem Haus. Dort endlich bei ihr in der Stube, warteten schon sehnsüchtig gleich noch zwei Katzenladies auf mich, Lucy und Kimberly.

Kapitel 2

Mein neues Domizil

Zu allererst bekam ich als Bettchen
einen normalen Bananenkarton,
mitten drinnen eine kuschelige
Decke. Ich war ja so winzig, es
hätten gut drei von mir da rein
gepasst. Mein neues Frauchen war
sehr aufgeregt und machte sich
wohl große Sorgen um mich. Dann
folgte eine richtige tolle Mahlzeit

und dann düste sie mit mir zum Tierarzt. Dort wurde ich auf den Kopf gestellt und ich hörte nur die Tierärztin sagen: „Mein Gott, so dünn ist er und dutzende von Würmern kommen jetzt vorne und hinten raus", die Paste hatte wohl schnell gewirkt. Dann hörte ich noch die Worte: „ Wenn der das man bloß schafft"!

Mensch, das gibt es nicht, wie die über mich so sprachen, als ob ich schon im Katzenhimmel wäre. Nein, bei aller Liebe, ich wollte leben und glücklich sein und so wurde ich blitzschnell gesund. Wie viele eklige Pasten und Tabletten ich schlucken musste, ich weiß es nicht mehr. Von Tag zu Tag nahm ich zu, wurde doch noch ein ansehnliches Katzenkerlchen. Und ich schnurrte so laut wie ein Motor und schleimte mich so richtig bei meinem neuen Frauchen ein. Auch die beiden Katzendamen näherten sich mir und es war Liebe auf den 3. Blick.

Wir alle kamen zurecht und es vergingen ganz viele Tage, bis ich endlich völlig gesund war und diese blöden Würmer alle vorne und hinten raus kamen.

Dafür, dass ich zum Anfang so ganz, ganz winzige Füßchen hatte und die so dünn und zerbrechlich waren wie bei einem Biafrakind, habe ich doch plötzlich ziemlich schnell zugenommen. Ich wurde hübscher und mein Fell glänzte so schön und ich war sehr anhänglich. Lucy, die bunte, wollte nie so recht doll schmusen, Kimmy überlegte immer, ob ja oder nein. Was haben die sich angestellt, ich war doch noch so klein und noch kein ¼ Jahr alt. So suchte ich Frauchen's Schoß und ließ mich täglich unendlich lang streicheln, kraulen und verwöhnen. War schon toll, so eine Massage. Alles mitnehmen, heute, morgen, Gott wer weiß es denn, was sonst noch auf mich zukommen würde. Oft sprach sie immer von meiner Schwester, die noch kleiner war als ich Zwerg, ein unbändiger Wildfang, ging aber jedoch gleich in die Falle, die man aufgestellt hatte. Nun, jetzt war es endgültig mit der Ruhe vorbei, so ein Mist.

Aber ich war geduldig und voller Hoffnung.

Kim

Kapitel 3

Pferdewiese und Rapsfelder

Nun ja, Gypsy Nr. I kam dazu, der Wildfang, blieb aber nicht lang. Ich fand sie schon cool und wir schmusten mal heute, morgen und übermorgen. Zusammen strolchten wir durch die Felder, Raps, so hoch, da konnte man sich so toll verstecken. Ich hörte immer ganz laut Silvia rufen: Robin, Gypsy, Fresschen, nach Hause kommen, aber Gypsy, die wilde, sie wollte nie nach Hause. Sollte ihr bald zum Verhängnis werden. Sie durfte bei einem Ehepaar mit großem Kater einziehen, das ging voll daneben und so landete sie erneut bei mir. So musste ich wohl oder übel alles mit ihr teilen, Fressen, meinen Schlafplatz und die Schmuseeinheiten.

Ich konnte mich aber anpassen, war zwar immer noch sehr klein, aber hatte schon viel gelernt von meiner Katzenmutti Silvia, von Kimmy und Lucy. Lucy kränkelte und Kim düste immer zur großen Landstrasse, wo mein Frauchen sie nachts wegholen musste, sonst würde sie platt gefahren wie eine Flunder. Ich zeigte oft Gypsy alle Wege und das Mäusefangen, trotzdem lief auch sie immer zur großen, gefährlichen Strasse. Ich blieb brav mit meinem kleinen Katerpopochen in den Feldern und auf der Wiese und man konnte mich immer sofort finden, ich lief nie weg. Inzwischen wuchs ich als stolzer Kater Robin heran und musste meine Männlichkeit bei einem Tierarzt lassen. Ist besser so, sagten die Menschen. Aber meinen Schmusetrieb hatte ich Gott sei Dank nicht verloren.

Gypsy 1

Lucy

Kapitel 4

Abschied

Und so kam es wie es kommen musste, meine kleine Schwester wurde nur ein 1 Jahr und landete an einem schönen, sonnigen Tag im Katzenhimmel. Ein Raser hatte sie erwischt und es war für mein Frauchen kein schöner Anblick, als sie im Strassengraben lag, einfach pfutsch. Silvia weinte viele Tränen und von da an, versuchte ich sie, immer zu trösten, ich schleimte mich bei ihr ein und schnurrte, so laut ich konnte. Das half ein wenig und immer, wenn sie unglücklich und traurig war, wiederholte ich dieses Ritual. Das ging viele lange Jahre so und ich blieb dadurch ihr Lieblingskater. Silvia brauchte das gar nicht sagen, ich wusste und spürte es.

Wir bekamen noch Katzenbabys dazu, Gerry, Gypsy 2, Tric und Trac, dann kamen Halbgeschwister wie Charly und Mini, die schwer vermittelbar waren. Mein Frauchen hatte sich sichtlich übernommen, denn jetzt waren wir insgesamt 6, dann ist Lucy an einer schlimmen Krankheit gestorben, leider und die Brüder Tric und Trac zogen fort.

Wir mussten auch umziehen, das Haus wurde zu teuer und wir fanden aber schnell eine neue Pferdewiese, Terrasse mit Garten. Es war sehr schön dort in Vlotho.

Ich, jetzt erwachsen, ging schon mal auf Wanderschaft, um nette Katzenmädels zu treffen. Die gab es reichlich, die Girls, aber ich bin nie weggelaufen, ein treuer Geselle gewesen, musste doch auf meine Halbgeschwister aufpassen, Gypsy und Gerry waren auch gerade 1 Jahr und ich 2. ich liebte sie alle und hatte auch nie Streit mit ihnen. Harmonie vom Feinsten, sage ich Euch. So vergingen wundervolle Zeiten, Tage, Wochen und Monate in dem abgelegenen Vlotho und schon erneut suchten wir das Weite und hausten jetzt in Bad Oeynhausen, in einem kleinen, bezahlbaren,schmucken Häuschen, keine Pferdewiese, aber großes Feld, wo ich mit meinen Kollegen und Geschwistern durch den Keller in den Garten und auf diese tolle Wiese gelangte. Einfach super. Ich war der Hahn im Katzen - Korb, alle Katzenweiber schmusten mit mir, besonders Mini liebte mich, meine Halbschwester, Gypsy 2 auch, nur, wenn sie wollte. Aber auch meine Brüder, Halbbrüder lagen mit mir zusammen im Gras und genossen jeden Sonnenstrahl. Mini war die Streunerin, wollte nie ins Haus. Manchmal gelang es mir, sie mitzuschleppen nach Hause, aber das war selten. Sie lief jedoch auch nie weit weg.

Mini und ich und Charly

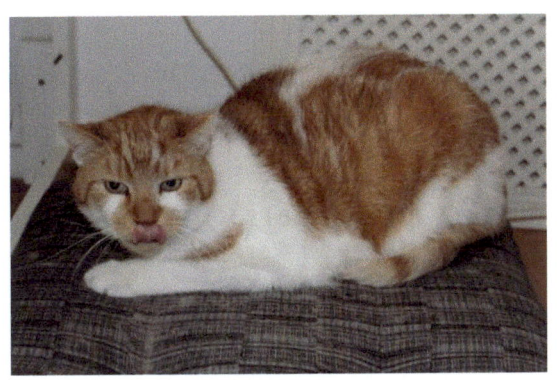

Charly

Kapitel 5

Mein schönstes Zuhause

Hier in Rehme wohnten Silvia und wir Samtpfoten viele schöne Jahre. Sie suchte mich nachts immer, weil sie nicht einschlafen konnte, wenn ich nicht da war. Ich wollte aber noch am Kirchplatz Mäuse fangen und jagen und nicht schon um Mitternacht ins Bett. So trug sie mich dann doch nach Hause, was ich nicht so prickelnd fand, aber ich gab dann nach, Silvia war

19

die Stärkere. Gerry, mein kleiner, roter Bruder, wurde nur vier Jahre alt, eines Nachts fiel er die Treppe hinab und hatte eine Thrombose, und man konnte nichts mehr für den armen Kerl tun. So schnell kann ein kleines Katzenleben zu Ende gehen.

Mauki, meine Mutter

In dem schönen Haus haben wir alle sehr gerne und über 5 Jahre gewohnt. Es gab eine niedliche Terrasse mit vielen Weinreben und mein Frauchen bekam dort oft viel Besuch von ihren Freunden und Nachbarn. Bis auf einen schrägen Typen, der keine Tiere mochte, benahmen sich alle um uns herum katzenfreundlich. Nur der Nachbar der konnte mich nicht leiden, warf sogar Steine hinter mir her. Dabei habe ich noch nicht einmal mein Geschäft gemacht, wollte nur so durch seinen Garten schleichen bis zur großen Wiese, wo wir Katzen uns alle trafen und versammelten. Silvia weinte hier nicht mehr soviel und schien sogar eine Zeit lang glücklich, bis wir erneut umziehen mussten, einige Straßen weiter in ein noch größeres Haus mit riesigem Garten, lag aber an einer langen Strasse. So wurde ein großes Gehege gebaut, in welches wir von der Stube durch eine Luke gelangen konnten. Ein Stückchen Freiheit wurde mir genommen, aber ich wusste ja, dass es nur zu meinem Besten geschah, damit ich nicht plötzlich von einem LKW erwischt werden würde. Dieser tolle neue Spielplatz hatte alles, was ein Katzenherz so täglich begehrte, verlangte und immer wieder brauchte: ganz viele bunte Spielmäuse, großen Rascheltunnel, Kletterbäume, Kratzmatten, eine überdachte Sonnen und Regen-Terrasse, Gras in Hülle und Fülle. Nur Mini, meine Schwester, riss übers Dach aus und lebte dann draußen im Schuppen und in einer Hütte mit Stroh. Sie blieb mir nicht treu, jetzt sah ich sie nur von weitem. Inzwischen waren Möbbel und Bruder Timo, zwei rote Fellnasen, dazugekommen, dann noch Pauli, ein ganz schwarzer, der draußen gelebt hatte, das störte mich nicht, ich war ja der soziale

Kater überhaupt und liebte meine große Familie.

Und meine alltäglichen vielen Streicheleinheiten, wenn die Zeit es Silvia erlaubte, ich bekam sie trotzdem, alle anderen aber auch. Ich erlebte, wie Timo und Kimmy krank wurden, von Kim musste ich mich verabschieden, sie hatte ein doofes Geschwür und starb in den Armen von meinem Frauchen. Timo wurde ständig mit Pillen und Tropfen gefüttert, damit er nicht schlapp machte, schrecklich er hatte Katzenaids. Uns konnte aber nichts passieren. Auch rettete Silvia fremde Tiere und sie brachte sie mit und die lagen dann vor dem warmen Kamin, wie zum Beispiel Effy, ein Perserkater. Ohne Silvias Hilfe wäre er sicherlich bald im Jenseits gewesen. Ein wuschliger, kleiner Kerl, der bald ein Zuhause bei einer guten Freundin fand. Ich kann Euch sagen, ein Kommen und Gehen, so war es jetzt im

Katzenhotel. Silvia nahm auch Pensionsgäste von guten Freunden kurzfristig auf. Immer Leben in der Bude.

Effy

Meine Truppe

Kapitel 6

Mein letztes Zuhause

Das nächste Zuhause lag im nächsten Ort, fast 10 km entfernt, muss doch mal zählen, wie viele Vierbeiner wir noch waren: Mini, Gypsy, Charly, Möbbel, Timo, Pauli und ich,
der immer gutmütige Robin. Hier wurden wir von den Nachbarn mit ihren Hunden gar nicht so gern

gesehen und sie haben meine Silvia regelrecht vergrault. Das ging sogar bis vor den Mieterbund, eine nicht so schöne Zeit für alle. Dort im neuen Ort wurde zwar das Gehege wieder aufgebaut, aber nicht so schön und nicht so sicher wie vorher. So haute Mini nach paar Tagen Stubenarrest ab durch den Zaun, wo eine Lücke war. Sie kam zwar noch paar Mal rein, aber ihre Freiheit war ihr wichtiger und das war ihr Ende. Nach kurzer Zeit wurde sie von einem wieder zu schnellem Auto überfahren und lag an einemSamstag am Straßenrand, einfach mausetot.

Gypsy und Gerry

Wieder Tränen und Abschied, jetzt waren wir nur noch 6. Timo, mein kranker Kumpel, er wurde immer schwächer und musste oft zum Doc, zum Tierheilpraktiker .Das Geld war knapp, aber irgendwie schaffte meine Katzenmama alles, war immer fleißig, ging viel auf Flohmärkte und kümmerte sich um die älteren, verwirrten und kranken Leute. Ich war die ganzen 13 Jahre nie mehr krank und gut zufrieden, hatte vielleicht 1 kg zuviel und auch nicht mehr alle Zähne im Maul, aber war fröhlich, ausgeglichen und guter Dinge, vermisste zwar meine gute Mini und auch Kim, aber ich sorgte für das harmonische Gleichgewicht unter meinen Artgenossen und beschmuste alle, besonders Pauli, der vom Werrepark, lag mir am Herzen, er liebte mich über alles. Vor der neuen Haustüre campierte immer eine zierliche, getigerte Katze, natürlich hatte sie Hunger und wurde von Silvia versorgt. Mia, so hieß sie, zog dann in den Keller, sie mochte uns nicht so gern und konnte so ganz friedlich leben. Den letzten Tag vor meinem Abschied,

am Abend und Nachts war ich ganz besonders liebebedürftig und suchte immer die Nähe von Silvia und an einem kalten Januartag 2016 bekam ich einen Anfall, schrie ganz fürchterlich, mein Frauchen eilte mit mir zum Tierarzt, der mir dann endlich ein Schmerzmittel gab und mich noch röntgte. Keine guten Nachrichten und ich bekam zwei Stiche, beim zweiten schlief ich schon und ich lag friedlich in den Armen von meiner geliebten Katzenmutti und schloss für immer die Augen. Der Tierarzt stellte einen bösen Thrombus fest, so ein Mist auch!

Adieu, good bye, Du schönes wundervolles Leben, danke für die vielen guten 14 Jahre.

Diese emotionale Kurzgeschichte von mir widme ich meinem lieben Robin, der ein ganz besonderer lieber Kater war und für immer in meinem Herzen verankert ist.

Robin und Gypsy

Timo

Möbbel

Mia,Pauli,Gypsy und Charly